VENTE

du 16 Mars 1907

HOTEL DROUOT

Salle n° 1

à deux heures et demie

Tableaux

ANCIENS

EXPERT DE H. STETTINER

COMMISSAIRE-PRISEUR :

Me LAIR-DUBREUIL

EXPERT :

M. Henri HARO

CATALOGUE

DE

TABLEAUX ANCIENS

PAR ET ATTRIBUÉS A

Breughel, Canaletto, Giordano,
Gossaert (dit De Mabuse), Huet, Lagrenée,
Ledoux (Mlle), Monnoyer, Moralés,
Moreelse, Pannini, Robusti (dit le Tintoret),
Terwesten, Vallayer - Coster (Mme),
Vernet (Joseph), etc.

DONT LA VENTE AURA LIEU

HOTEL DROUOT, SALLE N° 1

Le Samedi 16 Mars 1907

à deux heures et demie

EXPOSITION PUBLIQUE : Le Vendredi 15 Mars 1907

de une heure et demie à cinq heures et demie.

Me LAIR-DUBREUIL
COMMISSAIRE-PRISEUR
6, rue Favart

M. Henri HARO
PEINTRE-EXPERT
14, rue Visconti, et rue Bonaparte, 20

CONDITIONS DE LA VENTE

Elle sera faite au comptant.

Les adjudicataires payeront *dix pour cent* en sus des enchères.

TABLEAUX ANCIENS

———

BEAUBRUN

?

240

1 — *Portrait d'une Dame de qualité.*

Toile. Haut., 1 m. 04; larg., 89 cent.

BÉRAIN

(École de)

2 — *Un plafond.*

140

Au milieu est un grand motif d'ornements, aux quatre coins des figures et
des ornements sur fond d'or.

Toile. Haut., 2 mètres; larg., 2 m. 3o.

BOUCHER

(Atelier de)

3 — *Le Fleuve Scamandre.*

Assise au bord d'un ruisseau, une jeune bergère vient de se baigner ; le corps légèrement incliné, elle essuie d'une main une jambe mignonne, tandis que le dieu de la source la suit des yeux, caché derrière les roseaux ; à gauche, à terre, près d'elle, son chapeau et sa houlette.

« Cette composition a été gravée par de Larmessin d'après un tableau de Boucher. Nous remarquons dans celui-ci, qui a dû être fait postérieurement, quelques différences avec le tableau gravé. »

Toile. Haut., 90 cent., larg., 1 m. 22.

Cadre bois sculpté.

BREUGHEL

4 — Achille reconnu par Ulysse.

Au second plan, derrière une table surchargée de bibelots et de coquillages, Achille, en costume de femme, est reconnu et saisi par Ulysse qu'accompagnent trois guerriers ; à sa droite, les filles de Lycomède.

Tout le premier plan est en nature morte : amphores, armures minutieusement traitées.

Bois. Haut., 56 cent. ; larg., 78 cent.

BREUGHEL

5 — Le Paradis terrestre.

Cuivre. Haut., 21 cent.; larg., 30 cent.

BREUGHEL

6 — L'entrée de Jésus à Jérusalem.

Cuivre. Haut., 21 cent; larg., 30 cent.

CANALETTO

7 — *Un coin de Venise.*

Au premier plan, au centre d'une place, la statue monumentale d'un cavalier à cheval ; plus loin, une église, puis un palais ; à gauche coule le canal sillonné de gondoles ; sur les quais, des groupes de personnages se promènent.

Toile. Haut., 58 cent. ; larg., 9ɪ cent.

CERQUOZZI (Michel)

8 — *Nature morte.*

Toile. Haut., 46 cent. ; larg., 68 cent.

Cadre bois sculpté.

CERQUOZZI (Michel)

9 — *Nature morte.*

Pendant du précédent.

Toile. Haut, 46 cent. ; larg., 68 cent.

Cadre bois sculpté.

CHAMPAGNE (PHILIPPE DE)

(École de)

10 — *Portrait de Jeune Femme.*

Toile. Haut., 59 cent.; larg., 47 cent.

DAVID

(École de)

11 — *Portrait d'un maréchal du premier Empire.*

Toile. Haut., 2 m. 25; larg., 1 m. 64.

DETROY

(École de)

12 — *Portrait de Femme.*

Toile ovale. Haut., 82 cent.; larg., 62 cent.

DUPLESSIS

(Attribué à)

13 — *Portrait de Louis XVI.*

Toile ovale. Haut., 65 cent; larg., 53 cent.

ÉCOLE ESPAGNOLE PRIMITIVE

14 — *Rétable comprenant trois panneaux.*

Dans le panneau du milieu sur fond d'or, saint Jean-Baptiste est debout, revêtu d'un manteau bleu à doublure rouge et parements d'or.

Les volets sont divisés chacun en deux compartiments :

A celui de gauche : en haut, naissance de saint Jean entouré de plusieurs saintes femmes ; en bas, saint Jean prêchant dans le désert.

A celui de droite : en haut, saint Jean-Baptiste devant Hérode et en bas Salomé tenant la tête de saint Jean-Baptiste.

Bois. Mesures du panneau de milieu :
Haut., 1 m. 93 ; larg., 81 cent.

Les deux panneaux de côtés sont cintrés du haut.

Mesures de chaque : Haut., 1 m. 80 ;
larg , 65 cent.

ÉCOLE ESPAGNOLE

15 — *Portrait d'Homme.*

Toile. Haut., 65 cent. ; larg., 54 cent.

ÉCOLE ESPAGNOLE

16 — *Portrait d'Homme.*

290

> Toile. Haut., 63 cent.; larg., 52 cent.
> Cadre bois sculpté.

ÉCOLE FLAMANDE

17 — *Saint Michel terrassant le Dragon et de chaque côté un Saint et une Sainte.*

200

> Bois. Haut., 1 m. 48; larg., 1 m. 32.

ÉCOLE FRANÇAISE

18 — *Moïse recevant les Tables de la Loi.*

340

> Dans le fond, on aperçoit Moïse sur le mont Sinaï qui reçoit du Père Éternel les tables de la loi, tandis qu'au premier plan quelques juifs discutent entre eux.

> Bois. Haut., 1 m. 15; larg., 73 cent.

ÉCOLE FRANÇAISE

19 — *Saint-Marc.*

> Toile. Haut., 78 cent.; larg., 62 cent.

ÉCOLE FRANÇAISE

180

20 — *Le Sculpteur.*

> Toile. Haut., 89 cent.; larg., 68 cent.

ÉCOLE FRANÇAISE

220

21 — *Portrait de Femme.*

> Toile. Haut., 81 cent.; larg., 64 cent.

ÉCOLE FRANÇAISE

210

22 — *Portrait d'Homme à perruque.*

> Toile ovale. Haut., 67 cent.; larg., 54 cent.

ÉCOLE FRANÇAISE

205

23 — *Cérès endormie.*

> Toile. Haut., 40 cent.; larg., 32 cent.

ÉCOLE FRANÇAISE

24 — *Paysage; bords de rivière.*

> Toile. Haut., 39 cent.; larg., 50 cent.

ÉCOLE HOLLANDAISE

255 25 — *La Danse.*

>Toile. Haut., 64 cent.; larg., 75 cent.
>
>Cadre bois scuplté.

ÉCOLE HOLLANDAISE

350 26 — *Le Corps de Garde.*

>Bois. Haut., 61 cent.; larg., 83 cent.

ÉCOLE HOLLANDAISE

27 — *L'Abreuvoir.*

>Toile. Haut., 24 cent.; larg., 31 cent.

ÉCOLE HOLLANDAISE

28 — *Portrait de jeune Femme à colle-rette.*

>Cuivre ovale. Haut., 25 cent.; larg., 20 cent.

ÉCOLE VÉNITIENNE

105 29 — *Léda.*

>Toile. Haut., 1 m. 16; larg., 89 cent.

ÉCOLE VÉNITIENNE

3o — *Portrait d'un Seigneur Vénitien.*

Toile. Haut., 63 cent.; larg., 5o cent.

FETI (DOMENICO)

(École de)

3i — *Judith et Holopherne.*

Toile. Haut., 1 m. 35; larg., 98 cent.

GIORDANO (LUC)

32 — *Bacchanale.*

Toile. Haut., 1 m. 27; larg., 1 m. 82.

GONZALÈS

(École de)

33 — *Portrait de Jeune Femme.*

Toile. Haut., 1 m. 22.; larg., 88 cent.

GOSSAERT (*dit* DE MABUSE)

?

34 — *La Vierge et l'Enfant Jésus.*

La Vierge est assise, accoudée ; elle tient sur ses genoux l'Enfant Jésus et lui sourit, tandis que celui-ci, les bras croisés, l'un sur l'autre, joue avec des grappes de cerises qu'il a saisies dans ses mains.

Bois. Haut., 61 cent.; larg., 30 cent.

GOYA

(École de)

35 — *Massacre de l'Archevêque Thomas Becque.*

Cuivre. Haut., 34 cent.; larg., 28 cent.

HUET (J.-B.)

36 — *Pastorale.*

Aquarelle.
Signé à gauche et daté 1787.

JORAND

37 — *Une Procession de Moines dans une Église.*

Toile. Haut., 1 m. 16; larg., 90 cent.

KINSON

38 — *Portrait d'un Chasseur.*

450

Toile. Haut. 2 m. 03; larg., 1 m. 19.

LAGRENÉE

39 — *Portrait indiqué comme étant celui de Mademoiselle Georges.*

220

Signé en haut à droite.

Toile. Haut., 91 cent.: larg., 73 cent.

LARGILLIÈRE

(École de)

40 — *Portrait de Femme.*

305

Toile. Haut., 90 cent.; larg., 71 cent.

Cadre bois sculpté.

LEDOUX (Mlle)

41 — *Le Petit Boudeur*.

1.000

Il est vu de trois quarts, la tête tournée
vers la droite, ses cheveux blonds retombant sur ses épaules ; il porte une veste
marron et son gilet déboutonné laisse
entrevoir sa chemise.

Toile. Haut., 46 cent ; larg., 33 cent.

MEMLING

(École de)

42 — *La Vierge et l'Enfant Jésus*.

800

Debout, vue de face, la Vierge tient
dans ses bras l'Enfant Jésus qui joue
avec la perle d'un chapelet. Au fond, un
petit paysage.

Bois. Haut., 33 cent.; larg., 26 cent.

MONNOYER (J.-B.)

43 — *Nature morte.*

350

Au bas d'une fontaine est placé un vase de fleurs; à terre des fruits, que quelques cochons d'Inde viennent grignoter. Perché sur un mur, un paon se détache sur le ciel.

Toile. Haut., 1 m. 82; larg., 1 m. 31.

MONNOYER (J.-B.)

130

44 — *Nature morte; Fleurs et Fruits.*

Toile. Haut., 1 m. 67; larg., 1 m. 46.

MORALÈS

45 — *Ecce Homo.*

1.350

Il est debout, vu jusqu'à la taille, tenant à la main un roseau, les bras entourés de cordes; une extrême douleur est peinte sur son visage pâle qui cependant conserve une grande dignité; et sur ses chairs meurtries coulent des filets de sang.

Bois. Haut., 70 cent.; larg., 53 cent.

MORALÈS

(École de)

46 — *Saint Jean soutenant la Vierge.*

Bois. Haut., 65 cent.; larg., 34 cent.

MORALÈS

(École de)

47 — *Ecce Homo.*

Bois. Haut., 65 cent.; larg., 34 cent.

MOREELSE

48 — *Portrait d'Homme à collerette.*

Il est représenté en buste, la tête vue de trois quarts, le cou orné d'une riche collerette ; sur sa poitrine est suspendu un médaillon sur lequel on lit : *Ferdinand Elect. Colon Hava Dvx.*

Bois. Haut., 61 cent.; larg., 49 cent.

MORO (ANTONIO)

(Attribué à)

49 — *Portrait de Gentilhomme.*

Il est vu jusqu'aux genoux, de face, la main sur la garde de son épée ; il porte un manteau à col de fourrure ; sa tête est recouverte d'une toque de velours à plume blanche.

Toile. Haut., 1 mètre ; larg., 76 cent.

MOSTAERT

(D'après)

50 — *Portrait de Femme feuilletant un Missel.*

Toile. Haut., 80 cent.; larg., 65 cent.

PANNINI

51 — *Le Prédicateur dans les Ruines.*

Toile. Haut., 51 cent.; larg., 63 cent.

PEETERS (J.-B.)

52 — *Le Retour de l'Enfant prodigue.*

Signé à droite sur le pied d'une colonne.

Toile. Haut., 1 m. 17; larg., 1 m. 66.

PILLEMENT

(Attribué à)

53 — *Trois grandes décorations; Sujets chinois.*

Mesures de chaque :

Toile. Haut., 3 m. 15; larg., 2 m. 65.
Toile. Haut., 2 m. 62; larg., 2 mètres.
Toile. Haut., 2 m. 68; larg., 1 m. 10.

POEL (Van der)

54 — *Incendie pendant la Nuit.*

Toile. Haut., 24 cent.; larg., 27 cent.

RENI (Guido)

?

55 — *Une Sainte Martyre.*

260

Toile. Haut., 79 cent.; larg., 62 cent.

Cadre bois sculpté.

RICCI

?

56 — *Projet de plafond.*

240

Toile. Haut., 61 cent.; larg., 48 cent.

Cadre bois sculpté.

RIGAUD

(Attribué à)

57 — *Portrait du Grand Dauphin.*

420

Il est vu de trois quarts, une longue
perruque retombant sur ses épaules. Sur
sa cuirasse est passée une écharpe bleue;
il porte un jabot de dentelles sur une
cravate rouge.

Toile ovale. Haut., 69 cent.; larg., 56 cent.

Cadre bois sculpté.

RIGAUD

(Attribué à)

58 — *Portrait de Louis XV enfant.*

Il est vu de face, assis sur son trône, une main étendue, et maintenant de l'autre son sceptre sur son genou. Son manteau bleu doublé d'hermine descend en longs plis jusqu'à terre.

Toile. Haut., 1 m. 11; larg.. 80 cent.

1.100

ROBERT (HUBERT)

(Attribué à)

59 — *Les trois Parques.*

Toile. Haut., 62 cent.; larg., 65 cent.

700

ROBUSTI (*dit le* TINTORET)

60 — *Le Baptême du Christ.*

Le Christ est au centre du tableau, les mains jointes, et s'apprête à recevoir le baptême de saint Jean-Baptiste; le saint est placé au-dessus de lui, à sa gauche, revêtu d'une peau de bête, les yeux fixés, en extase, sur le ciel, où Dieu le père, entouré de quelques anges, bénit son fils.

Toile. Haut., 96 cent.; larg., 80 cent.

2.550

ROSA (Salvator)

61 — *Le Torrent.*

Toile. Haut., 41 cent.; larg., 52 cent.

SANTERRE

?

62 — *Le Billet doux.*

Elle est assise, vue de face et sourit, l'air songeur; sa tête porte sur une collerette de batiste blanche; elle est coiffée d'un chapeau noir à plumes blanches et revêtue d'une robe de velours noir; sa main droite tient une lettre cachetée.

Toile. Haut., 81 cent.; larg., 65 cent.

SENAVE

(Attribué à)

63 — *Les Joueurs de Cartes.*

Toile. Haut., 46 cent.; larg., 61 cent.

TERWESTEN

(Attribué à)

64 — *Amours et Fleurs; Décoration formée de quatre panneaux.*

Ier PANNEAU.

5.300

Quelques amours sont occupés à former et à accrocher une grosse guirlande de fleurs; l'un d'eux leur apporte des roses dans une corbeille.

IIe PANNEAU.

Devant une autre grappe de fleurs que deux de ses compagnons continuent dé suspendre, un amour assis sur une écharpe rose joue avec un canard.

IIIe PANNEAU.

Au-dessous d'une guirlande l'amour est étendu, endormi, son arc à la main; à sa gauche, un de ses zélés serviteurs, un doigt sur la bouche, demande le silence; tandis qu'un autre, à droite, présente des cerises à un perroquet.

IVe Panneau.

D'autres amours encore et une autre guirlande; l'un d'eux la soutient d'un côté, tandis que deux autres, à droite, la supportent à grand' peine sur leurs épaules.

Il est probable que les deux frères Terwesten ont collaboré à ces tableaux, l'un faisant les figures et l'autre les fleurs, qui sont évidemment de deux mains différentes.

Mesures de chaque panneau :

Toile. Haut., 1 m. 21 ; larg., 1 m 72

VALLAYER-COSTER (Mme)

65 — *Nature morte.*

Sur une table de pierre sont placés pêle-mêle des radis, du pain, une tasse ; et plus loin, un sucrier, une cafetière et un pot de confiture.

Signé dans le bas à droite : Mlle Vallayer, et daté 1767.

Toile. Haut., 5o cent.; larg , 6o cent.

VERNET (Joseph)

66 — *La Pêche.*

Au premier plan, sur la rive, un jeune paysan pêche à la ligne, tandis qu'un peu plus loin d'autres pêcheurs tirent leurs filets.

Un gros vaisseau, toutes voiles déployées, s'apprête à rentrer dans le port.

Au fond, sur la gauche, un château fort est au pied des collines.

Toile. Haut., 76 cent.; larg., 1 m. 08.

VERNET (Joseph)

(Attribué à)

67 — *Marine : Le Port.*

Bois. Haut., 47 cent.; larg., 69 cent.

VOUET (Simon)

(Attribué à)

68 — *Vision de Sainte Cécile.*

Toile. Haut., 82 cent; larg , 64 cent.

ZAMPIÉRI (*dit le* DOMINICAIN)

69 — *La Salutation Angélique.*

Cuivre. Haut., 56 cent.; larg., 39 cent.

70 — *Sous ce numéro seront vendus les tableaux non catalogués.*

3956. — Imp. MOTTEROZ et MARTINET, Paris.

RED.:

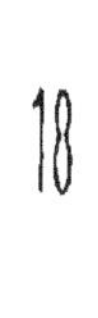

18

MIRE ISO N° 1
NF Z 43-007
AFNOR
Cedex 7 - 92080 PARIS-LA-DÉFENSE
graphicom
0 1 2 3 4 5 6 7 8 9 10

9 782329 333762